Auch wenn es nur auf Probe ist ...

Chitose Yu

Inhalt

Ich konnte ...

Ich ...

... seine Stimme und ...

... den Blick in seinen Augen ...

Ich mag dich, Ogami.

... von damals einfach nicht vergessen ...

REMDSPRACHENSCHULE

KAPITEL 1

Und das kommt immer ...

... 15 Minuten vor Ladenschluss.

Ein Mann mit auffallend guter Körperhaltung ...

... und ein Jahr jünger als ich.

6

!

Suchst du vielleicht das hier?

Sei gegrüßt, Takimoto!

Ah, hallo Ogami!

ぱあっ

STRAHL

Bist du für heute fertig mit der Arbeit?

Super!

Oh!

Ja.

Das Vergnügen, mit diesem Kerl zu plaudern.

Ich habe das noch kein einziges Mal als lästig empfunden!!

WROSHH

O... Okay ...

Danke?

Ach was!

Wenn überhaupt, störe ich wahrscheinlich deinen Einkauf!

PIEP

Sorry, dass die so einen Stress gemacht haben.

Nicht doch ...!

Mir tut es leid, dass ich dich bei der Arbeit gestört ha...

ERSTARR

Ah, ja!

... 935 Yen.*

Dann macht das heute ...

*ca. 6 Euro

Ach übrigens, das hier ...

Ich bin irgendwie total durcheinander, ...

UWAH!

Kapiert?

GRINS

Sehr gut!

GNNN

Ich komme wieder ...!

Drug Store
YUBIKITA
DROGERIE
FRÜHLINGSE!

HEUTE DAS 20-FACHE AN PUNK-TEN!

Also dann, lasst uns den Laden schnell schließen!

Jaaa!

15

Heeey!

Takimoto!

Oh?!

O... Ogami?!

Was machst du denn hier?

Ach, äh ...

Heute war richtig was los, sodass ich bis eben Überstunden geschoben hab.

Bist du auch gerade auf dem Heimweg?

Zum Glück hab ich dich nicht mit jemandem verwechselt!

Ja ...

Ah, ja!

Ich hatte ein ewig langes Meeting und bin deswegen jetzt erst auf dem Weg nach Hause.

Mann, da haben wir ja beide heute richtig was geleistet!

16

... dass ich ... dich zum ersten Mal außerhalb der Drogerie sehe.

Ich bin irgendwie nervös und weiß gar nicht, wie ich mich verhalten soll ...

Was ist los?

Ah!

Nichts!

Es ist nur ...

Sei nicht so verlegen!

Wir waren bisher nur Kunde und Verkäufer.

Stimmt, du hast recht!

Oh! Dann lass uns doch zusammen gehen!

Ach ja!

Musst du auch zum Bahnhof?

Äh ...

Ja.

Wenn wir doch eh in dieselbe Richtung müssen.

Na klar!

Ist das wirklich okay?

Außerdem ...

... möchte ich mehr ...

... über dich erfahren, Takimoto!

GRINS

Du bist also Fitnesstrainer!

SHINTARO TAKIMOTO

Richtig.

Wie schön~!

Hach, endlich habe ich das Rätsel um deinen Trainingsanzug gelöst! Juhuu!

Das freut mich ...?

Von euch liegt oft Werbung in meinem Briefkasten.

Ständig!

Hehe!

Ja, wir machen dauernd irgendwelche Aktionen.

Kein Ding.

Danke für deinen LINE-Kontakt.

Etwa in dem Riesenteil an der Hauptstraße?

Genau. Das mit den roten Schildern.

Aaah!

Okay ...

In 5 Minuten fährt die letzte Bahn für heute!

Wenn wir uns nicht beeilen, verpassen wir ihn noch!

Ah!

Ver-dammt!

...

TAPP

TAPP

TAPP

BAHNHOF YONDAI

Da fällt mir ein ...

In letzter Zeit hat der Kunde, mit dem du dich so gut verstehst, sich gar nicht mehr blicken lassen.

Wo er doch jeden Tag mit solch einer Begeisterung hier aufgekreuzt ist.

Ist irgendwas passiert?

...

Seit Takimotos Geständnis ist eine Woche vergangen.

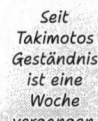

Er kann nicht mehr herkommen.

DOSCH

Haah ...

Haah ...

Mein Kopf war komplett leer ...

... habe ich die Bahn verpasst und mich allein mit letzter Kraft nach Hause geschleppt.

Danach ...

... und ich bin ohne ein Bad zu nehmen auf meinem Bett zusammengebrochen.

„An dem Tag, an dem ich dich zum ersten Mal traf, habe ich mich sofort in dich verliebt."

...

Wenn ich länger darüber nachdenke, ist es eigentlich offensichtlich ...

Sein Verhalten und so.

Mir ist das überhaupt nicht aufgefallen.

SCHNIPP

SCHNAPP

Dass ich ihn jetzt nicht mehr treffen kann ...

... ist zum Kotzen ...

... g a m i !

Du bist in letzter Zeit oft nicht bei der Sache. Pass ein bisschen besser auf!

Tut mir leid ...

Mensch!

Dann mach du als Nächstes Pause!

Okay!

Oh ...

Ups ...

So viele brauchen wir nicht!

Ogami!

Das sind viel zu viele Preisschilder!

RIESENHAUFEN

Mit Ausnahme dieses Großeinkaufs...

Wenn es der erste Tag war, an dem er die ganze Box gekauft hat ...

Und die letzte Box ...

... war die 94., dann ...

KNARZ

PSHHH

Wann war denn eigentlich das erste Mal?

Ernsthaft?!

Dann war der Kerl seit drei Monaten jeden Tag bei uns im Geschäft?!

Und das alles nur, um meine Aufmerksamkeit zu erregen.

Hat er etwa ständig Süßigkeiten gekauft, an denen er eigentlich gar kein Interesse hat?

Wie viel er wohl meinetwegen ausgegeben hat ...

Einfach unglaublich.

KNAARZ

Nur jemand mit seiner Ernsthaftigkeit wäre überhaupt zu so was imstande.

Lass es uns pro-
bieren!

Miteinander
auszugehen.

Ich habe
nicht nur
Interesse an
dir als Kunde,
sondern auch
an dir als
Person.

Hach
...

Mit
einem Mann
auszugehen
ist das erste
Mal für
mich ...

Da sind
sicher
ein paar
Sachen
anders ...

SCHRECK

Aaaaaah!!

Uwah!

Was ist los?!

BOMMM

A... Ach so ...

So heftig...

Und jetzt bin ich so glücklich, dass ich nicht mehr stehen kann.

Ich stand die letzte Woche völlig neben mir.

Nachdem du mir das so aufrichtig gestanden hast ...

... dachte ich, es wär eine gute Idee ...

... es mal zu probieren.

Ich war derjenige, der dich zurückgedrängt hat.

Lass es uns probieren!

Okay!

Ja ...

Na, dann ...

... Shintaro.

...ro...
...ki.
Na bitte, geht doch!
Du machst das schon super!
Auch wenn das noch ein bisschen zaghaft war!
PFUUH
Tut mir leid ...
Ich streng mich an....
Bring mich dazu, mich ernsthaft in dich zu verlieben!
Shintaro!

POCH

Ich werde mein Allerbestes geben!!

Woah!!!

Das hat sicher die ganze Nachbarschaft gehört!

Auch wenn es nur auf Probe ist ...

Chitose Yu

Auch wenn es nur auf Probe ist ...

Chitose Yu

Ein Date zwischen zwei Männern ...

Was macht man da bloß?

Äh, ach, weil ...

Nächste Woche Dienstag und Donnerstag, glaub ich.

Warum fragst du?

Ogami ...

Hi...

Hiroki, wann hast du das nächste Mal frei?

Hm?

Ich habe auch nächste Woche Donnerstag frei.

Wenn du noch keine anderen Pläne hast ...

...

Klar, lass uns auf ein Date gehen!

Ich werde mir den Tag dafür frei halten!

Er war so verzweifelt und süß.

Vielen Dank!

Wow, so sehr?

In diesem Gespräch ... ... habe ich einem ersten Date mit Shintaro schließlich zugestimmt ...

PLING PLING

VERBEUG

Wohin du mich wohl entführst? Ich freue mich schon darauf.

#EH

SHINTARO TAKIMOTO

ICH BIN GERADE ANGEKOMMEN UND WARTE AM NACHSTEN AUSGANG AUF DER LINKEN SEITE.

ICH HOFFE, WIR HABEN HEUTE EINEN SCHÖNEN TAG ZUSAMMEN.

46

Oh!

Morg ...

Hiroki!

UMGUCK

Aaalso ...

Am Hachiko-Ausgang raus ...

Guten Morgen!

Ja, weil ich heute frei hab ...

Und sogar Piercings!!

Ähm, findest du das seltsam?

Was für ein erfrischender Anblick!

Wooooah!! Ich hab dich ja bisher nur im Trainingsanzug gesehen ...

Nein! Du siehst cool aus.

Der Look ist gut! Steht dir total!

Also dann ... Lass uns gehen!

Jo!

Findest du?

Danke.

Ein Glück!

ERRÖT

Du... Du siehst auch fantastisch aus ...

TAHO SHINEMAS
05/13 (DONNERSTAG) 9:55   FILM: MONSTER HUNTING
S - 10
SAAL 5   1.900 YEN (MIT STEUER)
ERWACHSENE

Oh, den wollte ich unbedingt mal sehen!

*ca. 12 Euro

Also ...

Da das die Verfilmung eines Videospiels ist, habe ich mich gefragt, ob du auch Interesse daran hast.

Du hast mich doch mal gefragt, ob ich Videospiele spiele, nicht wahr?

Woher wusstest du das?

Du hast ein gutes Gedächtnis!

Oooh!

Oha, soso.

Nun, ich hätte da auch eine Frage.

Ich möchte alles über dich wissen.

Ja?

Woooah!

Der war ja mal mega!

Ich hab das Gefühl, endlich eine neue Seite von dir kennengelernt zu haben.

Ich verstehe.

Ich weiß eigentlich nichts über dich.

Schon traurig, was?

Immer redest du nur über mich und nie über dich selbst, weißt du?

A... Ach echt?

Ist dir das bisher nicht aufgefallen!

Ja, wirklich!

Ah ...

Das werde ich.

Ich dachte nur, dass es eigentlich wie immer ist.

Stimmt etwas mit mir nicht?!

Eh?

PRUST

So ernst!

So
aufre-
gend!

Sieht
so aus, als
wären wir
hier die
Einzigen ...

Es
ist weniger
überfüllt und
entspannter,
als wenn
man tagsüber
kommt.

Ich
auch.

Ich bin
zum ersten
Mal nachts
in einem
Aquarium.

Fühlt
sich auch
kühler an
als sonst ...

Ich ...

Es ist das erste Mal für mich, dass ich mich in einen Mann verliebt habe.

Hach, so wunderschön!

Ich habe nur sehr wenig Erfahrung im Dating mit Frauen ...

Bisher habe ich immer nur auf das reagiert, was mein Gegenüber wollte.

Ich bin fast nie von allein auf jemanden zugegangen.

Deshalb ...

So kompliziert!

Hach, einerseits will ich, dass du das vergisst, andererseits auch nicht ...!

Das erklärt, warum du so aufgedreht warst.

Ich war lauter als je zuvor in meinem Leben ...

... war ich auch krass nervös ...

... als ich dich ansprach.

Hiroki ...

Wir haben uns zusammen einen Film angesehen und gemeinsam Schuhe ausgesucht ...

... waren in einem Restaurant und haben uns dabei die ganze Zeit unterhalten ...

Das sind nur ganz alltägliche Sachen und trotzdem hat es enorm viel Spaß gemacht.

Es ist so schön, den Spaß mit jemand Besonderem teilen zu können.

Ich könnte nicht glücklicher sein.

Darf ich ...

... vielleicht noch mal ein bisschen mutiger sein ..

Gern ...

... Hiroki?

DRÜCK

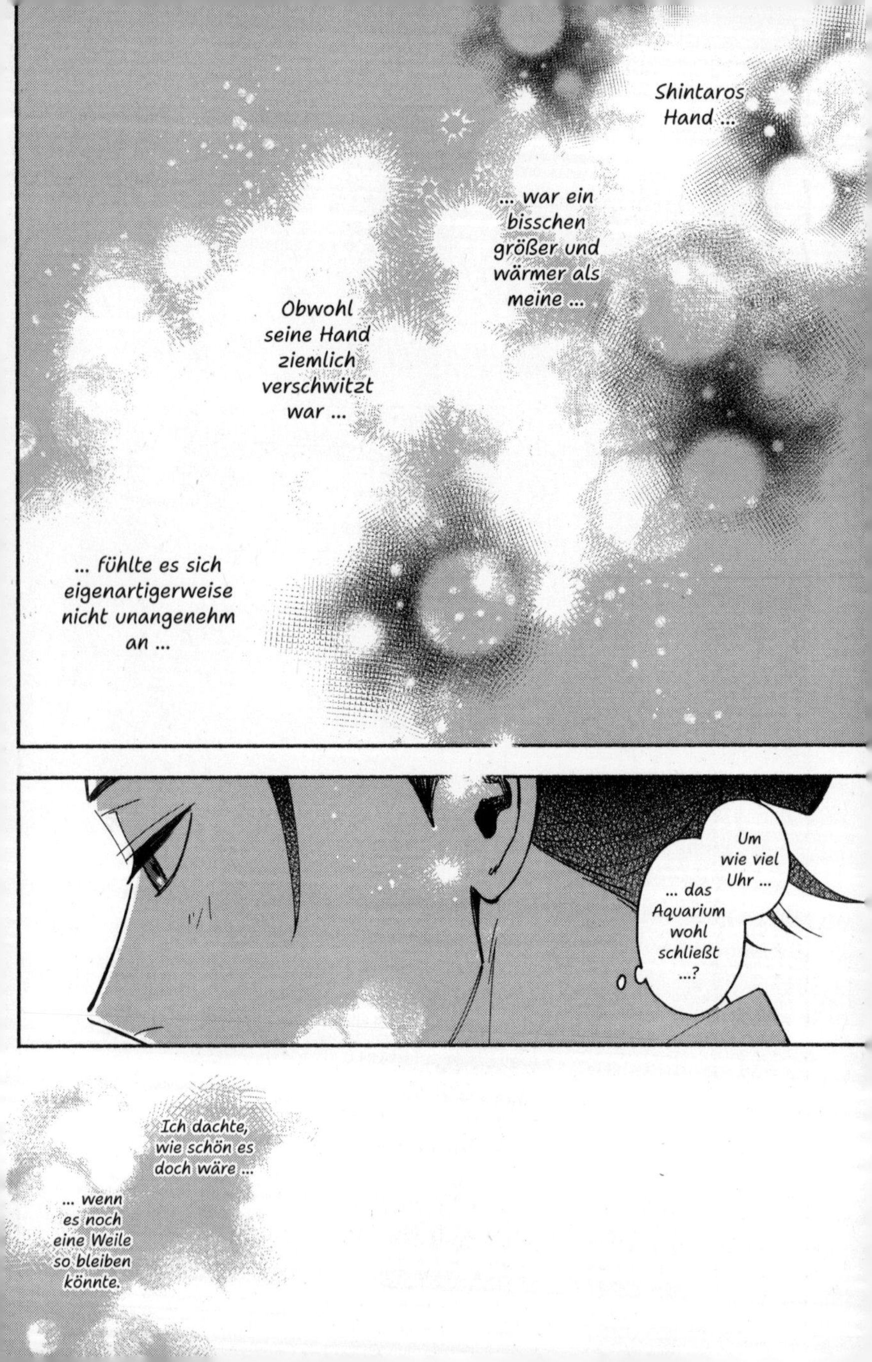

Shintaros Hand ...

... war ein bisschen größer und wärmer als meine ...

Obwohl seine Hand ziemlich verschwitzt war ...

... fühlte es sich eigenartigerweise nicht unangenehm an ...

Um wie viel Uhr ...

... das Aquarium wohl schließt ...?

Ich dachte, wie schön es doch wäre ...

... wenn es noch eine Weile so bleiben könnte.

Und es ist auch wirklich kein Traum? Es ist real, oder?

KNEIF

Oh ja.

Ich habe mit Hiroki Händchen gehalten ...

PLOPP

Hiroki ...

Ich habe meine Haltestelle verpasst.

...

Ob ich heute wohl schlafen kann ...?

ANLEHN

KAPITEL 2.5

Auch wenn es nur auf Probe ist ...

Chitose Yu

GÄÄÄHN

Schon gut.

Bist du müde?

Sorry ...

KAPITEL 3

Hn. Ich habe in letzter Zeit etwas zu wenig geschlafen.

Gibt's nichts, was man dagegen tun kann?

Werde ich langsam alt ...?

Wenn ich morgens aufwache, bin ich immer noch genauso müde wie am Vortag, und das ist einfach hart!

Ich schätze, ich habe Probleme beim Einschlafen.

Vielleicht liegt es an mangelnder Bewegung?

Oh, echt?

Hmm, mal überlegen ...

IIMMM

Das ist echt hart.

Packen wir es gemeinsam an!

Öh ... ja.

Richtig.

Es besteht kein Grund zur Sorge.

ZISCH

Bin ich hier nicht voll fehl am Platz?!

Ich will doch nur fitter werden ...

Muckibuden sind doch die Anlaufstelle für Leute, die sich gern präsentieren und gesehen werden wollen.

ZISCH

Aber klar, du bist ja Fitnesstrainer!!

Deine Idee ist ein Fitnessstudio?!

Wenn es irgendwas gibt, was du nicht verstehst, lass es mich bitte wissen, ja?

?

Manche Dinge schafft man nicht allein.

Deswegen wird dich unser Team tatkräftig unterstützen!

Oh, ach so?

Auch wenn wir eine Muckibude sind, legen wir doch auch sehr viel Wert auf allgemeine Fitness.

Viele unserer Kunden kommen, um ihren Bewegungsmangel auszugleichen und Stress abzubauen.

Kayo, lange nicht gesehen!

Oh, hallo Frau Nakamura!

Wir haben auch eine große Altersspanne.

Das meine ich nicht!!

Und ich würde mich freuen, wenn ich dir helfen kann!

Hm, ja ...

Wenn du sogar so weit gehst, so was zu sagen ...

Es ist nicht so, dass mir das nicht gefällt.

Okay!

Juhu!

Dann lass uns mal mit dem Dehnen beginnen!

Dass ich tatsächlich neugierig war, verschweige ich lieber.

SRRRRT

Aaalso
...

Hier
passe
ich die
Geschwin-
digkeit
an ...

LINS

Das ist
ein wenig
schnell.

Es ist das erste Mal, dass ich Shintaro bei der Arbeit erlebe ...

Offenbar wären die Metallbeschläge nur verhakt.

Oh, das war das Problem!

Lacht er normalerweise so?

Ist mal was Neues, ihn zusammen mit einer Frau zu sehen.

In jeder Hinsicht ist er der perfekte Mann.

Ich will noch viel mehr aus ihm herauskitzeln.

Es ist so interessant, wie sich sein Gesichtsausdruck ständig ändert, wenn ich bei ihm bin.

STRAHL

Dieser ...

Dieser Kerl ...

ANHIMMEL

Er ist immer sehr gepflegt.

Er ist nicht nur rücksichtsvoll, sondern hat darüber hinaus auch einen ernsten, sanften und reinen Kern.

Auch aus Sicht eines Mannes macht er einen guten Eindruck.

Nach dir, Ogami.

Was für ein Bullshit! (siehe Kapitel 1)

Von wegen er ist nicht beliebt bei Frauen!! War ja so klar!!

Niemand weiß, dass Shintaro süß ist!

Wa ha ha!

Wenn es um seine Hobbys geht, kann er einfach draufloslabbern ...

Ständig hat er Süßigkeiten gekauft, an denen er überhaupt kein Interesse hat – nur wegen mir!

SPRINT

SPRINT

Nun ... Wieso aber ist Shintaro völlig verrückt nach mir?

Schneller, als du denkst, bist du von Tantchen umgeben.

Ah, hallo Frau Toyama!

Shin, was siehst du heute wieder gut aus!

So uncoool!

Gegen wen genau will ich eigentlich gewinnen?!

Äh ...

Haaah ... Gott sei Dank ...

Eh ... Aber es ist wohl besser, wenn du dich erst mal ein bisschen ausruhst.

SWUSH

Ich hab's nur noch nicht genug getestet, also zeig mir alles!

Okay?

Meine dürftige Erklärung hat dich in Gefahr gebracht.

Tut mir leid!

Nein, ich war auch unachtsam.

Aber mir geht's total gut!

PATT

Ich geh schon mal heim!!

Voll schnell!

Hey, Hiroki!

Wie war es heute?

Ah ha ha!

Versuch dich vor dem Schlafengehen leicht zu dehnen.

Morgen wirst du dich besser fühlen.

ICH MACHE MIR SORGEN, DASS ICH MORGEN MUSKEL-KATER HABE.

ALLES KLAR.

Ich glaube, ich werde heute gut schlafen.

Aber dank dir fühl ich mich gerade viel leichter.

OH, ECHT?

EINE MITGLIED-SCHAFT STEHT DIR JEDERZEIT OFFEN.

Du versuchst ständig, mich so halbherzig anzuwerben.

Ich denk drüber nach.

...

DANKE FÜR HEUTE ...

... DASS DU MICH AUF-GEFANGEN HAST.

UND, ÄHM …

?

Ich hab eben noch mal drüber nachgedacht.

Tut mir voll leid …

ACH WAS. ICH BIN FROH, DASS ICH RECHTZEITIG ZUR STELLE WAR.

ICH DACHTE ECHT, MIR WÜRDE DAS HERZ STEHEN BLEIBEN …

Ein verzweifelter Shintaro …

… war irgendwie …

… erfrischend und cool.

Hiroki ...

Ich hab in der Mittel- und Oberstufe Basketball gespielt. Warum fragst du?

Ach, nur so.

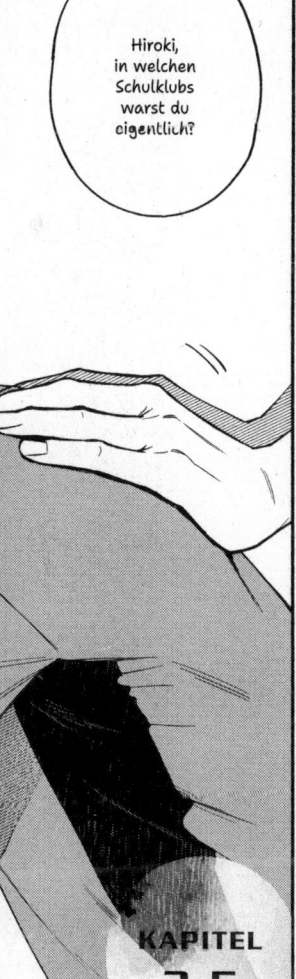

Hiroki, in welchen Schulklubs warst du eigentlich?

Du hattest gesagt, dass du dich nicht genug bewegst, aber ...

... deine Beine und Hüften sind ziemlich durchtrainiert, deswegen habe ich mich gefragt, woher das kommt.

Beruflich komme ich mit vielen Menschen in Kontakt, daher habe ich einen guten Blick dafür.

Ganz genau.

Eh?! Das weißt du nur vom Sehen?

Wow!

KAPITEL 3.5

Ja, echt?

Ah, aber ich kann mir das gut vorstellen.

Jo!

Von der Mittelschule bis zur Uni war ich im Leichtathletik-Klub und bin Langstrecken gelaufen.

Au, au ...

Und in welchem Klub warst du während der Schulzeit?

Das ist eine schöne Erinnerung ...

Oh, krass!

Ich hab's sogar mal bis zu den Landesmeisterschaften gebracht.

Wie du so schnell wie der Wind läufst ...

Das ist doch echt cool.

Extra

Hiroki und
Shintaro in
der Oberstufe

Oh,
das klingt
gut! Lass
uns einen
Wettbewerb
draus
machen!

Ich weiß
allerdings
nicht, ob ich
genügend
Ausdauer
habe.

Hättest
du Lust,
irgendwann
mal gemeinsam
laufen zu
gehen?

Ich muss
beim Lauf-
training
dranbleiben
...

Auch wenn es nur auf Probe ist ...

Chitose Yu

Nächste Woche gibt es ein Food Festival ...

... und an dem Stand, den ich auf jeden Fall besuchen will, wird sicher viel los sein.

KAPITEL 4

Wenn es für dich in Ordnung ist, würde ich gern früh ...

Was ist los? Du bist so abwesend. Fühlst du dich nicht gut?

Oh ...

Ähm ...

Tut mir leid!

ZUCK

Oh, wie ungewöhnlich. Wenn dir irgendwas Sorgen bereitet, dann hol dir doch Rat?

Aber ich werde dich nicht zum Reden zwingen, wenn du es nicht willst.

Ich habe nur ein wenig nachgedacht ...

Ah, na ja ...

...

... an deinen Gefühlen irgendwas geändert?

Hat sich für dich ...

Wir ...

Es ist jetzt schon einen Monat her, seit wir das Probe-Dating angefangen haben, weißt du.

An meinen Gefühlen?

Richtig.

Wenn ich so darüber nachdenke, bin ich nicht mehr so vorsichtig, wie ich es war, bevor wir anfingen, miteinander auszugehen.

Mit dir zusammen zu sein macht Spaß und ist entspannt.

Hm, lass mich überlegen ...

Ich glaube, das Gefühl der Distanz hat nachgelassen.

Äh, also die Restaurants, in die du mich geschleppt hast ...

... sind wirklich so lecker, dass mein Appetit in letzter Zeit echt heftig geworden ist!

Außerdem ...

... habe ich zugenommen.

Was?

Siehst du das Bäuchlein?

Dieser Nebeneffekt ...

... sollte mich eigentlich nicht so freuen.

Übernimm dafür die Verantwortung!

Der Schichtplan für die kommende Woche steht leider noch nicht fest. Ich melde mich wieder bei dir.

Okay ...

Also dann ...

... pass auf dich auf und komm gut heim!

Danke für heute.

Nicht doch.

Hiroki ...!

Hiroki ...

DRÜCK

Ich mag dich ...

... so sehr.

Shintaro?

...

O TAKIMOTO

ガタン
RATTER

ガタン
RATTER

Gute
Nacht.

Das
läuft doch
gut mit
uns ...
oder?

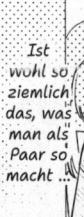

Ist
wohl so
ziemlich
das, was
man als
Paar so
macht ...

Vor dem
Schla-
fengehen
telefonieren
wir und
quatschen
begeis-
tert über
beklopptes
Zeug ...

An Tagen,
an denen
wir beide
frei haben,
gehen wir
zusammen
essen,
hängen
miteinander
rum und
haben Spaß ...

Bei der Arbeit

Was soll das?!

Was meinst du?! Du hast mich plötzlich voll überfallen!

Tut mir leid ...

Wie ist das ...?

In der darauf- folgenden Woche.

Hi...

Hiroki!

DOMM

Die hatte ich mir vor zwei Monaten geschnitten.

Hä?

Hiroki, hast du dir die Haare geschnitten? Sieht toll aus.

...

Mir ist heute danach, aus ungefähr dieser Entfer- nung mit dir zu reden.

Du bist heute so weit weg?

Ah, ach so ...

Am Tag des Food Festivals.

Anstarr

??

Sollen wir ins Krankenhaus* fahren? Oder irgendwohin, wo du dich ausruhen kannst ...

So schlimm ist es nicht ... Wenn ich mich zu Hause ausruhe, sollte es gehen ...

Schwank

Kannst du laufen?

Dann rufe ich ein Taxi und du ruhst dich dort solange aus!

Beweg dich ja nicht!

*In Japan geht man auch für reguläre Arztbesuche ins Krankenhaus.

Hiroki ...

Haah ...

Uhm ...

WHOMP

Uhm ...

Geht es dir gut?

Fühlst du dich besser?

Shintaro!

Taumel

Hey! Überanstreng dich nicht!

Sorry, dass ich dir solche Umstände berei...

Schon gut ...

Ich hab mir daher eins deiner Handtücher geschnappt und es benutzt.

In der Eile konnte ich nichts zum Abkühlen finden.

Und den Kühlschrank.

Ja ...

Kannst du was trinken?

Mir tut es auch leid, dass ich es nicht bemerkt habe.

Sogar Shintaro knockt es mal aus.

STREICHEL
なで

Dass er so schwach ist ...

... macht mich ein bisschen an.

Richtig, ich sollte seine Kleidung wechseln!

So zu schwitzen ist sicher unangenehm.

Hah ...

Aaah, wieso denke ich nur so was über eine kranke Person?!

FUMP

Wo sind nur die Kühlpads ...?

KNARR

Ich sollte fürs Erste Medikamente nehmen.

KAPITEL

4.5

DRÜCK

Hiroki hat seine Mütze vergessen ...

An diesem Tag starrte ich den Hut an, bis die Sonne unterging.

Auch wenn es nur auf Probe ist ...

Chitose Yu

Was ...

... für ein umwerfender Mensch, dachte ich.

KAPITEL
5

Wenige Monate zuvor.

Haben Sie noch weitere Fragen?

BRIO
FITNESS CLUB

Jawohl!
Ich werde mein Bestes geben.

Sehr gut! Ich verlasse mich auf Sie, Takimoto!

Ab morgen geht's los!

Nein.

Sie haben all meine Fragen bereits be-antwortet.

Direkt nach dem Jahres-wechsel ...

Obwohl diese etwas weiter weg von zu Hause lag, war ich erleichtert, dass dort so ein gutes Arbeitsklima herrschte.

... wurde ich einer neuen Filiale zugewiesen.

Ich kann ja noch welches kaufen, wenn ich schon mal auf dem Heimweg bin.

Ach ja, Protein ...

Hier in der Gegend gibt's viele Geschäfte.

Ob sie wohl welches haben?

Drug S
YUBIK
DROGERIE

ANI QLO

KARAOKE BAG ECHO
豚貴族
BUTAKIZOKU

UMGUCK

UMGUCK

Was
zur ...?!

Zehn
Minuten
...?

Hä?!

Aber,
was ...?!

DAVONSTÜRM

だっ

Hey,
Boss!
Ich bin
mal kurz
weg!

Was?!

Ogami
?!

Boss

Zehn
Minuten
später ...

Dafür
bin ich
wie ein
Irrer ge-
radelt!

Hier
sind sie
ausverkauft,
aber unsere
Filiale auf der
anderen Seite
des Bahnhofs
hat sie auf
Lager.

Puuuh!

**Von dort
hab ich's
geholt!**

Geho...

Was?!

Danke,
dass Sie
gewartet
haben!

BNS

PROTEI

Sie
haben
sich extra
solche Mühe
gemacht,
nur um
mir das zu
besorgen?

Pff ...

Es ist das erste Mal, dass sich jemand so sehr bei mir bedankt hat!

Ah ha ha!

Was?

Ah, das ...

Also ...

Nein, sorry ...!

SST

Vielen Dank für Ihren Einkauf!

Es war das erste Mal ...

... dass mein Herz so heftig geschlagen hatte ...

BZZZ

BZZZZZ

7:02
DIENSTAG, 25. MAI

Hn ...

KNARR

BZ

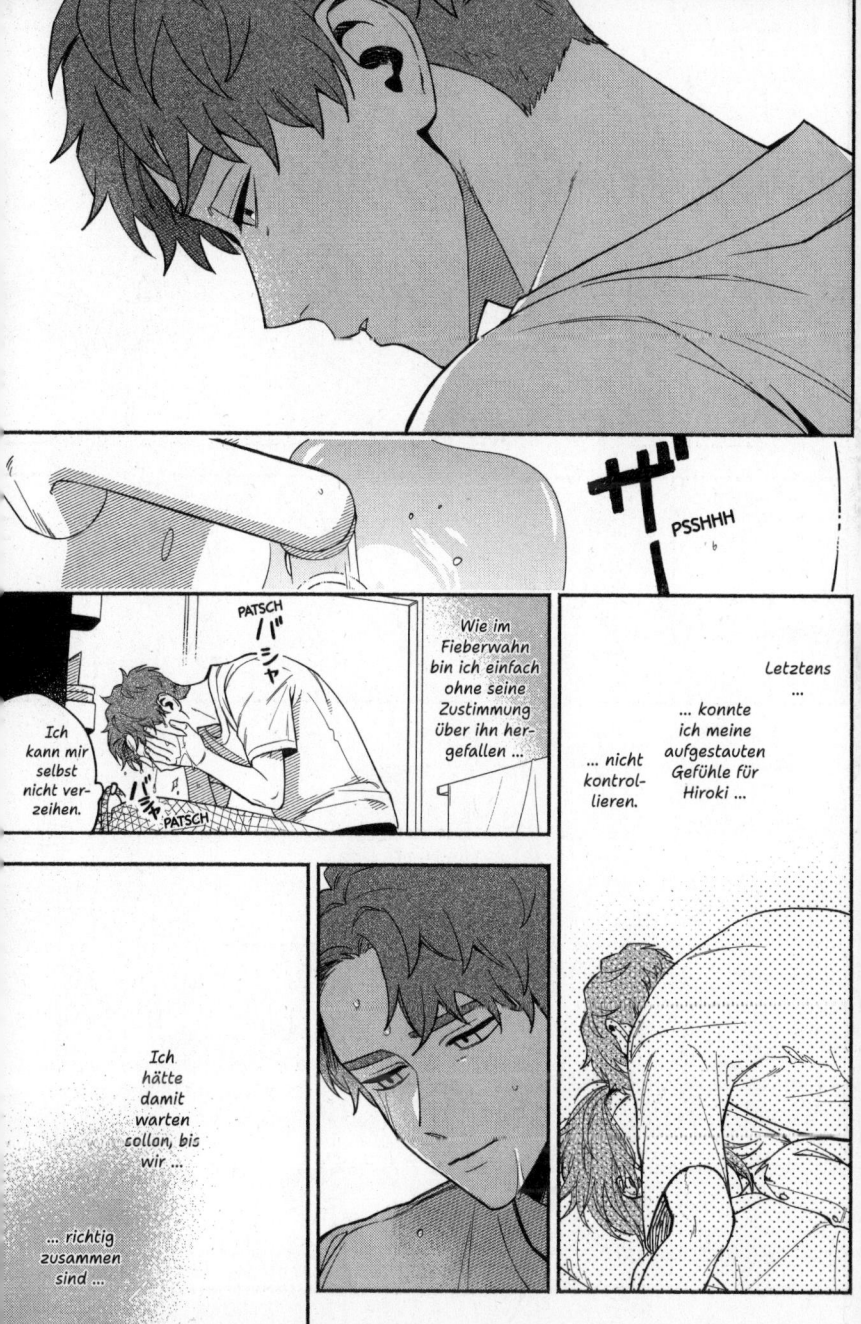

PSSHHH

PATSCH

PATSCH

Ich kann mir selbst nicht verzeihen.

Wie im Fieberwahn bin ich einfach ohne seine Zustimmung über ihn hergefallen ...

Letztens ...

... konnte ich meine aufgestauten Gefühle für Hiroki ...

... nicht kontrollieren.

Ich hätte damit warten collon, bis wir ...

... richtig zusammen sind ...

SHINTARO

Ich hab seit drei Tagen nichts von ihm gehört ...

Deine Pause ist fast vorbei!

Noch zwei Minuten!

Ja, ich weiß!

はっ

SCHRECK

Er hat sich auch nicht mehr im Laden blicken lassen ...

... das muss ein ziemlicher Schock für ihn gewesen sein ...

Ihm scheint es sicher besser zu gehen, aber ...

Ich will sein Gesicht sehen ...

Ogami.

Alles klar!

Sieh nach den Schließfächern, wenn du schon dabei bist.

Ab morgen können wir den Laden wegen Bauarbeiten drei Tage lang nicht betreten.

Ach ja, übrigens ...

Ganz schön knapp!

Heute kam auch keine Nachricht ...

Rumwälz

Es ist schon 'ne Weile her, dass ich einen freien Tag nicht mit Shintaro verbracht habe.

Wo ich mich doch so auf die Auszeit gefreut habe ...

Ich habe gar nichts zu tun ...

GAMMEL

...

„Hiroki ..."

Trotzdem hab ich ihn schnell von mir weggestoßen ...

Um ehrlich zu sein ...

... hatte ich Herzklopfen, als Shintaro so erregt von mir war ...

Wenn ich mich ...

... Shintaro so hingegeben hätte ...

Und es hat mich überrascht, dass ich es überhaupt nicht unangenehm fand ...

Ich ...

KNURRRR

... hab heute Abend noch gar nichts gegessen, merk ich grade.

KNARZ

22:08, MITTWOCH, 26. MAI

*Supermarkt, der 24 Stunden geöffnet ist

FancyMart

Ich gehe zum Kombini.*

Ich werde nicht zulassen, dass unsere Beziehung einfach so endet ...

Soll ich ihn von hier anrufen?

Haaaach ...

Ich könnte ihn natürlich treffen, wenn ich ins Fitnessstudio gehe ...

Aber ich weiß nicht.

Ach, lieber nicht. Er arbeitet jetzt sicher noch.

In jedem Fall muss ich ihm jetzt sagen, wie ich mich fühle ...

... und alle Missverständnisse klären.

Sonst ...

... wird das nichts ...

Was empfinde ich denn für ihn?

Für mich ist Shintaro ...

Aber was für Gefühle will ich ihm eigentlich ...

... ver- mitteln?

Ich

... mag seine Persönlichkeit und habe sein Geständnis angenommen.

Ich bin hierher gekommen, weil ich mich persönlich bei ihm entschuldigen wollte.

Was habe ich die ganze Woche nur gemacht ...?

...

Wenn ich früher gekommen wäre ...

Jetzt ist nicht der richtige Zeitpunkt, um darüber nachzudenken!

Wie auch immer, zuallererst muss ich mich entschuldigen.

PRRRR

SHINTARO ...

PRRRR

Und dann ...

Hi...

Hiroki ...
Was machst
du hier ...?

STAMPF
ズン
ズン
STAMPF

Ähm ...
äh ...

Äh ...
Hiroki ...

Es tut
mir leid
wegen
neuli...

Es tut
mir leid, dass
ich dich neulich
weggestoßen
habe!

BAMMM
ばっ

Was ...?

Bitte heb
deinen Kopf
wieder!!!

Du
hast
nichts
gema...

Ich bin
derjenige,
der sich ent-
schuldigen
muss!

Häh?!
Nicht
doch!

Doch!

Es war
nicht so,
dass ich
es nicht
wollte
...

Ich
war
einfach
nur
über-
rascht.

... dich auch berühren.

Bist du dir sicher ...

... dass du mich willst?

Bin ich.

Wenn du so förmlich fragst ... ist mir das irgendwie peinlich.

Uwaaah!!

Du bist zu niedlich!!

Ah, was soll das denn?!

DRÜÜÜCK

Wenn er das mit so einem Gesicht fragt ...

Können wir uns ... noch mal küssen?

Ah, die letzte Bahn!!

SCHRECK

... kann ich nicht widerstehen ...

...

Stockfinster

SCHRECK

Jetzt ist keine Zeit zum Küssen!!

Wir müssen los!

Ernsthaft?!

Oh.

Was ...

Es ist schon nach Mitt... Mitternacht?!

RATTER

RATTER

RATTER

BAHNHOF YONDAI

Willst du ...

... mit zu mir kommen?

Okay ...

Auch wenn es nur auf Probe ist...

Chitose Yu

Auch wenn es nur auf Probe ist ...

Chitose Yu

Danke für die Einladung.

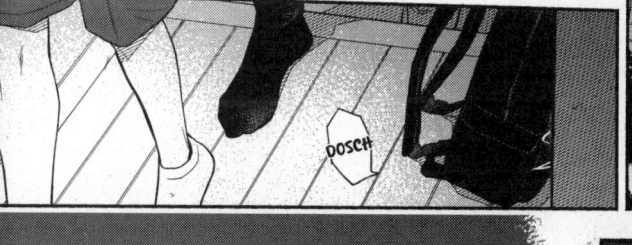

KAPITEL 6

DOSCH

DRÜCK

Hiroki ...

Sorr...

...ah!

Ich komme ...

KRALL

Ich auch ... ah ...

ピクッ
ZUCK

...

ピク
ZITTER

ピクッ
ZITTER

...!

Hng!

PUUUUH

HAH

HAAAAH

Hmm!

ぼすっ
PLUMPS

Blinzel ...

SST

Es ist Morgen ...

ZZZZ

ZZZZ

Jetzt sind wir wirklich zusammen ...

STREICHEL

Hn ...

Hmmm ... Mir ist gerade eben erst aufgefallen, wie schön dein schlafendes Gesicht ist.

Seit wann bist du wach ...?

GÄÄÄHN

Guten Morgen.

Morgen ...

Ernsthaft?!

Peinlich ...

Danke, dass du mir begegnet bist.

...

Du bist extra für mich gerannt ...

Mann, was hab ich vielleicht geschwitzt, als ich es dir gestanden hab! ...

Ich hab mich auch noch nie so verzweifelt nach Liebe gesehnt wie bei dir, Shintaro.

Was?!

... möchte ich dich vielleicht schon seit einiger Zeit mehr, als ich dachte.

Sehr wahrscheinlich sogar.

Wenn ich jetzt daran zurückdenke ...

Ach echt?

がばっ
SCHRECK

Ja, wirklich.

Hiroki!

Mein cooler Boyfriend.

Hiroki ...

Nervös

Ja, weil ich seit über einer Woche nicht mehr hier war.

?

Was ist los?

Ähm, wegen neulich ...

Willkommen zurück!

Es ist ewig her, dass wir uns im Laden gesehen haben.

Dürfte ich nach langer Zeit wieder eine ganze Box kaufen?

Deine Wohnung ist damit sicher schon ganz zugemüllt.

Pfff!

Es gibt noch vieles, worauf wir uns freuen können.

Auf jeden Fall!

Ach echt? Das schaue ich mir demnächst mal an.

Ich hab vor Kurzem ein Regal für die Figuren gekauft.

Das ist okay!

ENDE

Auch wenn es nur auf Probe ist ...

Chitose Yu

Auch wenn es nur auf Probe ist ...

Chitose Yu

Hiroki ... Weißt du, wie Männer Sex miteinander haben?

BONUS

Ich hab ein wenig recherchiert, aber ...

... ich glaube nicht, dass ich ...

... viel darüber weiß.

Ach so, verstehe.

Wir haben ja schon ein paar Mal was gemacht, seit wir miteinander ausgehen.

Ich würde gern noch etwas weiter mit dir gehen ...

Ja.

Ja, okay.

Es wäre eine Lüge zu behaupten, dass ich keine Angst hätte, aber ...

Ist das auch wirklich okay?!

Die Vorberei-tung und die körperliche Belastung und so ...

Ich werde mein Bestes geben.

Ich weiß.

... weil du es bist ...

... möchte ich es gern mit dir versuchen.

Willst du noch weitere Gründe hören?

Gemein-sam werden wir das schaffen!!!

Ich werde dich mit aller Kraft unter-stützen!!

MEGA

ふ る

Das würde in der Tat helfen.

ふ る

GERÜHRT

Und so begann unsere Vorbereitungszeit.

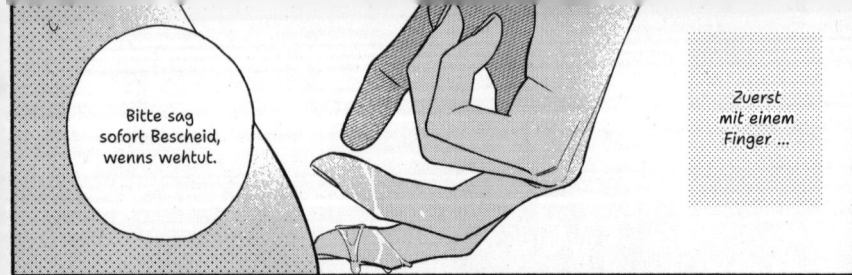

Bitte sag sofort Bescheid, wenns wehtut.

Zuerst mit einem Finger ...

Langsam fühlte ich mich weniger komisch dabei.

Das reicht für den Anfang.

Und dann tat ich es mit dem Mund ...

So riesig ...!

Schließlich erhöhten wir auf zwei Finger ...

ほか DAMPF

ほか DAMPF

ほか DAMPF

Ich bin fertig im Bad.

Alles klar!

178

Hmm ...

Ah ...!

ZUCK

KNEIF

Meine Schuld ...

Das ist sicher nur deine Schuld!

Ha... Halt die Klappe!

Du spürst hier jetzt mehr als am Anfang.

FUMMEL

Hiroki ...

Huch ...

Du bist ja ...

... total geweitet ...

Ich hab mich vorhin ...

... im Bad ein bisschen vorbereitet ...

...

Ich hol ein Kondom, okay?

Ja ...

ZUCK

HAH ...!

Gn!

... sag es mir bitte sofort, ja?

Wenn du Schmerzen haben solltest ...

Mach ich.

PRESS

Shintaro ...

Hah ...

Hah ...

Mmmh ...

Was?!

Zum Schluss hat es sich sogar ein wenig gut angefühlt ...

Weißt du ...?

Schon okay.

Haaach ...

Tut mir leid, dass es am Ende so heftig war ...

Ich konnte nicht mehr aufhören ...

Am nächsten Tag hatte ich Muskelkater in der Hüfte, aber das ist eine Geschichte für wann anders.

Von Hiroki

ENDE

NACHWORT

Als die Geschichte mehr und mehr Form annahm, hatten wir beiden, ehe ich michs versah, einfach die Rollen getauscht. Haha.

Doch eigentlich war Ogami in der Konzeptionsphase eher schweigsam und Takimoto eher sorglos ...

Dieses Werk entstand aus dem Wunsch, mal eine erwachsenere Geschichte zeichnen zu wollen, und so wurden Takimoto und Ogami geboren.

Danke, dass ihr ein Exemplar von „Auch wenn es nur auf Probe ist ..." in die Hand genommen habt.

Hallo, mein Name ist Chitose Yu. Freut mich.

Es ist trotzdem Liebe auf den ersten Blick ☺

Beide Ohren gepierct

Abgeranzt

Außerdem hatte er einen Pony.

VERBEUG

Mit meinem/meiner Redakteur:in hatte ich ernsthaft überlegt, ob ich Takimotos Bauchmuskeln im letzten Kapitel zeigen oder sie mir für die Bonusgeschichte aufheben soll. Haha.

Und dann hat mir die Bonusgeschichte Riesenspaß gemacht, denn ich konnte da etliche versaute Szenen zwischen den beiden zeichnen, was in der Hauptstory nicht möglich war.

Als ich das letzte Kapitel gezeichnet hatte, war ich überaus bewegt, weil ich die beiden so glücklich machen konnte.

Das liegt daran, dass Ogami und Takimoto beide solch liebe Menschen sind, dass ich in einer Situation wie ihrer beim besten Willen nicht wissen konnte, was sie denken und einander sagen sollten. Ich fühlte mich außerstande weiterzuzeichnen. Nach zahlreichen Beratungen mit meinem verantwortlichen Redakteur habe ich schließlich das letzte Kapitel zu Papier gebracht.

Doch dann habe ich im vierten und fünften Kapitel ziemlich gestrauchelt.

Vom ersten bis zum dritten Kapitel lief es gut, denn ich hatte mir mit viel Gefühl und Sorgfalt die Dialoge und Handlungen der beiden schon ausgemalt.

... Muskeln zeichnen geübt!

Ich habe ...

... die Kapitel zur Abgabefrist fertigzustellen ...?

Wie oft habe ich es versäumt ...

Ich kann nichts zeichnen ...

Wir sehen uns irgendwo wieder!

Vielen Dank, dass ihr bis hierhin gelesen habt!

Ich möchte mich bei allen bedanken, die an diesem Buch mitgewirkt haben, einschließlich meinem/meiner Redakteur:in, der/die mich unterstützt hat, meinen Freund:innen, die mir telefonisch beigestanden haben, sowie der Leserschaft, die die Serie verfolgt hat.

Es war ein erfüllendes Gefühl zu erleben, dass die Worte, die ich vermitteln, und die Dinge, die ich zum Ausdruck bringen wollte, bei meinen Lesern genau so ankamen.

Vielen herzlichen Dank für all die Briefe und für die leidenschaftlichen Nachrichten, die ich während der Veröffentlichung bekommen habe! Das hat mich sehr angespornt.

Chitose Yu

SUTOPPU!

Koko wa kono manga no owari dayo.
Hantaigawa kara yomihajimete ne!
Dewa omatase shimashita!
Tanoshii hitotoki wo dozo!

Egmont-Manga-Chiimu

STOPP!

Das ist der Schluss des Mangas.
Fangt bitte am anderen Ende an!
Und nun genug der Vorrede,
viel Spaß beim Lesen!

Euer Egmont-Manga-Team

www.egmont-manga.de
Unsere Bücher findest du im
Buch- und Fachhandel und auf

EGMONT Shop

www.egmont-shop.de

„Auch wenn es nur auf Probe ist …" von Chitose Yu
Aus dem Japanischen von Madlen Beret
Originaltitel: „OTAMESHITOWAIE, SUKISUGIRU"

Originalausgabe:
OTAMESHITOWAIE, SUKISUGIRU
© Chitose Yu 2022
Originally published in Japan in
2022 by Libre Inc.,Tokyo.
German translation rights arranged with Libre Inc.,
Tokyo, through TOHAN CORPORATION, Tokyo.
Original Cover Design : arcoinc

Deutschsprachige Ausgabe:
© 2024 Egmont Manga verlegt durch
Egmont Verlagsgesellschaften mbH,
Ritterstraße 26, 10969 Berlin

2. Auflage 2024

Verantwortliche Redakteurin: Manuela Rudolph
Gestaltung: Esther Strunck
Koordination: Angelika Schönhuber
Printed in the EU
ISBN 978-3-7555-0346-0

story house
EGMONT